Michael Ende
El largo camino hacia Santa Cruz
Regina Kehn

EDITORIAL EVEREST, S.A.

Cuando suene la señal serán las siete y cuarto —dijo la radio.

—Deja ya de revolver tus cereales, Hermann —dijo su padre.

—Y bébete toda la leche, Hermann —dijo su madre.

—Venga, acaba ya de una vez —dijo su padre.

—Tienes que darte prisa —dijo su madre.

—Y no te vayas entreteniendo por el camino, Hermann —dijo su padre.

—Si no, volverás a llegar tarde a la escuela —dijo su madre.

—Y con las notas que has traído bien sabe Dios que no te puedes permitir ese lujo —dijo su padre.

—En este momento ya tenemos bastantes preocupaciones con el sarampión de Carla —dijo su madre—. Ha estado llorando toda la noche.

—Y, si me haces el favor, no vuelvas a dar esos portazos cuando te marches, Hermann —dijo su padre.

—Si no, despertarás a tu hermanita enferma, Hermann —dijo su madre.

—Ahora les ofreceremos el programa "Alegres sones para empezar la semana" —dijo la radio.

Hermann (ocho años y tres meses de edad, un metro y veinticinco centímetros de estatura, treinta y cinco kilos de peso en vivo, pelirrojo y pecoso), a quien iban dirigidas todas aquellas advertencias propias de unos padres, se levantó de la mesa del desayuno sin hacer ruido, salió al pasillo sin hacer ruido, se puso el impermeable sin hacer ruido, se cargó a la espalda la mochila escolar sin hacer ruido, se enrolló la bufanda al cuello sin hacer ruido, se puso la gorra sin hacer ruido, abrió la puerta de casa sin hacer ruido, salió sin hacer ruido y cerró la puerta con tanta fuerza que temblaron hasta los cimientos de toda la casa de vecinos. Se quedó para-

do un momento escuchando atentamente hasta que oyó que su hermanita empezaba a berrear; entonces asintió satisfecho y bajó corriendo las escaleras saltándose los peldaños de tres en tres, con lo cual a todos los vecinos de la casa, sin excepción, no les quedó más remedio que enterarse de un hecho importante: Super–Hermann había partido hacia la escuela como una centella. En la calle estaba lloviendo. Eso no era nada nuevo, pues ya llevaba varios días lloviendo. No era un divertido chaparrón, sino una fina y melancólica llovizna; justo lo bastante fuerte como para que a uno se le metiera el frío y la humedad por las mangas y por el cuello. Una lluvia dispuesta a seguir una buena temporada. De alguna manera le recordaba a la tía Erna, que siempre que iba decía: "No quiero en absoluto molestaros; sólo me quedaré uno o dos días...", y luego, normalmente, se quedaba un mes entero, sentada a disgusto en el sofá.

Y encima era lunes. Se pueden tener muchas cosas en contra de los lunes, y a esas horas de la mañana, tan temprano, la ciudad estaba llena de gente, toda ella con algo en contra de los lunes. Se les notaba en la cara. Para Hermann lo más desagradable de los lunes era que le ponían inexorablemente ante la necesidad de tenerse que pasar otra semana entera perdiendo su preciosa juventud aprendiendo ortografía, la tabla de multiplicar y otras estupideces parecidas. Y eso a unas horas en las que mejor que en la cama calentita no se estaba en ninguna parte.

"Lógico", pensó Hermann sonriendo amargamente. Precisamente por eso los profesores se empeñaban en empezar tan temprano por la mañana. Porque no querían más que una cosa: amargarle la vida a la mayor cantidad posible de niños indefensos. Probablemente sin esa posibilidad todo aquello de la enseñanza no les hacía ninguna gracia.

Y sus padres, naturalmente, siempre se ponían de parte de los profesores. Con ellos era sencillamente imposible hablar de eso. Y, en realidad, lo único que pasaba era que se alegraban de librarse por fin de él..., sobre todo desde que Carla tenía el sarampión. ¡Como si eso fuera una cosa del otro mundo! Él ya había pasado el sarampión hacía mucho tiempo, pero, a pesar de ello, no le dejaban entrar en la habitación donde estaba acostada su hermanita. Y eso que él jamás volvería a coger el sarampión. Eso estaba científicamente demostrado. En cualquier caso, con él sus padres no habían hecho tantos aspavientos y eso que él, por lo menos entonces, era su único hijo.

Carla tenía ahora dos años y medio y no servía para nada: ni para jugar con ella, ni para hablar con ella, y para pelearse con ella mucho menos todavía. Siempre había que tener mucho cuidado con ella –Carla por aquí, Carla por allá...–, igual que si fuera de mantequilla.

Y a Hermann desde entonces no le hacían ni caso; no era nadie; no pintaba nada. Pero, bueno, que hicieran lo que ellos quisieran. Ya se arrepentirían.

Hermann sintió cómo el cuello se le hinchaba de rabia.

Pasó por delante del escaparate de una agencia de viajes y se paró. Con lejanos países y ciudades llenos de palmeras y rascacielos como fondo, miró su propia imagen refle-

jada en el cristal. Se examinó con atención moviendo lentamente la cabeza de izquierda a derecha. Sin duda alguna los rasgos de su cara estaban arrugados por el sufrimiento; eran, por así decirlo, mucho más maduros de lo normal para su edad. Y eso era por todas las injusticias que desde hacía mucho tiempo había tenido que sufrir en silencio.

A alguien como él, a quien nadie quería, realmente no le quedaba otro camino que la delincuencia. Sí señor: se haría gángster. Por ejemplo, en Chicago o en Shanghai. Los periódicos de todo el mundo estarían todos los días llenos de noticias sobre sus últimas fechorías: atracos a bancos, asaltos a mano armada a las furgonetas de transporte de dinero, salvajes tiroteos con bandas enemigas... Sometería al terror ciudades enteras y la policía no podría hacer absolutamente nada. Bueno, naturalmente, aquello alguna vez terminaría mal para él, claro, y le llegaría su merecido castigo. Ya se sabe por el cine que al final el crimen, desgraciadamente, no merece la pena, pero mientras se estuviera desangrando le susurraría al comisario al oído: "Salude a mis ancianos padres, que son los culpables de que yo haya llegado tan lejos y dígales que les perdono...". Después de eso, sus pálidos labios se cerrarían para siempre. Ya no volvería a molestar a nadie más en el mundo.

Hermann tragó saliva e inspiró profundamente. Le temblaba un poco el labio inferior, pero se obligó a poner una cara lo más pétrea posible, como correspondía a un tipo muy duro.

Quizá también se fuera a la legión extranjera y combatiera y muriera allí bajo nombre falso; lleno de condecoraciones y famoso entre todos sus camaradas, naturalmente, igual que aquel que había salido hacía poco en la tele, ¿cómo se llamaba...? Los únicos que no se enterarían de nada serían sus padres, porque nadie sabría quién era él realmente. De todas maneras, Hermann no es-

taba muy seguro del todo de que en la legión extranjera admitieran a chicos de ocho años.

Lo más probable era que no. Pero lo que tampoco podía hacer era pasarse años esperando, así que lo mejor era irse a Chicago o a Shanghai. Sólo que... ¿cómo iba a llegar hasta allí? Lo más fácil, probablemente, sería secuestrar un avión. Al fin y al cabo su padre mismo había dicho hacía poco que eso no era nada del otro mundo, que lo único que hacía falta era estar entre el pasaje, armado con una pistola, cuando el avión estuviera en el aire. Que en ese caso a los pilotos no les quedaba más remedio que obedecer cualquier orden.

"Está bien", se dijo Hermann, "supongamos que secuestrando un avión llego a Chicago o a Shanghai. Y entonces, ¿qué?".

Entonces casi seguro que allí también habría por todas partes escuelas a las que habría que ir. Desgraciadamente ya en ningún sitio del mundo había, como antiguamente, países inexplorados y, sobre todo, sin profesores. Así que le daba exactamente lo mismo quedarse donde estaba. Además, seguro que justo en el momento en que llegara a Chicago o a Shanghai se pondría a llover. Claro que se pondría a llover. Que allí lloviera sería justo lo típico de su adverso destino.

Y es que el mundo entero estaba en contra suya. Y por eso estaba harto de todo el mundo. No encajaba bien en él y el mundo no le concedía a él ninguna importancia. Lo malo, ¡maldita sea!, era que ese mundo era el único que había.

Hermann salió de sus pensamientos con un sobresalto porque el carillón que había en la esquina, encima de la relojería Mohn & Co., empezó a repicar, indicándole que ya volvía a ir otra vez diez minutos tarde. Ahora sí que tenía que correr para recuperar el tiempo perdido si quería librarse del habitual rapapolvo de la señora doctora Wässerle.

Mientras echaba a correr, Hermann pensó que, de todas formas, el sermón le iba a caer seguro, fuera por llegar tarde o por cualquier otra cosa. Sobre la mayoría de las cosas de este mundo había distintas opiniones entre la gente, pero, al parecer, todos estaban de acuerdo en una: Hermann no debía, de ninguna manera, seguir siendo como era. Constantemente había alguien intentando meterle en cintura, intentando cambiarle, intentando mejorarle. Unos a base de broncas y castigos; otros con buenas palabras. Entre sus profesores había incluso un par de zorros de mucho cuidado –el señor Röhr, por ejemplo, o la señorita

Knietsch– que pretendían hacerle creer que eran sus amigos. Probablemente se figuraban que él no se daba cuenta de cómo intentaban liarle. Pero Hermann sí se daba cuenta y, a propósito, no les hacía el favor de ser un chico bueno y simpático. Él era como era... y el resto de la Humanidad debía aceptarlo así. Si en todo el mundo no había nadie que fuera capaz de valorar sus especiales habilidades, entonces que se fuera todo el mundo al diablo.

¿Habilidades especiales? ¿Cuáles, por ejemplo?

Por ejemplo... En ese preciso momento no se le ocurría ninguna, pero las tenía a montones.

Sobre todo era capaz de hacer todo aquello que otros denominaban "profesiones nada lucrativas". Sabía silbar tan fuerte con dos dedos en la boca que era capaz de romperle los tímpanos a cualquiera, sabía dar volteretas, montar en bicicleta sin manos, hacer algunos trucos de magia con tapones de corcho y monedas, sabía..., bueno, sabía hacer un montón de cosas que ni sus compañeros de clase sospechaban siquiera. Y tampoco se enterarían jamás de ellas. Aquel estúpido jardín de infancia ya no le interesaba. Él ya era muy mayor para aquello. De allí en adelante seguiría su propio camino, sin que nadie se enterara, él solo, inalcanzable para nadie.

Hermann se puso a correr al galope..., bueno, en realidad no demasiado rápido, sino sólo lo justo para más tarde poder afirmar, sin que fuera completamente mentira, que se había dado toda la prisa que había podido.

Entonces oyó los alaridos de una sirena.

Volvió a ralentizar sus pasos enseguida. Un coche de bomberos pasó por allí a toda velocidad; inmediatamente después pasó otro y luego un tercero. Hermann se detuvo y siguió a los coches con la mirada muy esperanzado.

A lo mejor estaba ardiendo la escuela.

Desde luego iban en la misma dirección por la que se iba a la escuela. Bien podría ser que el señor Knöllinger, el conserje, que vivía en el só-

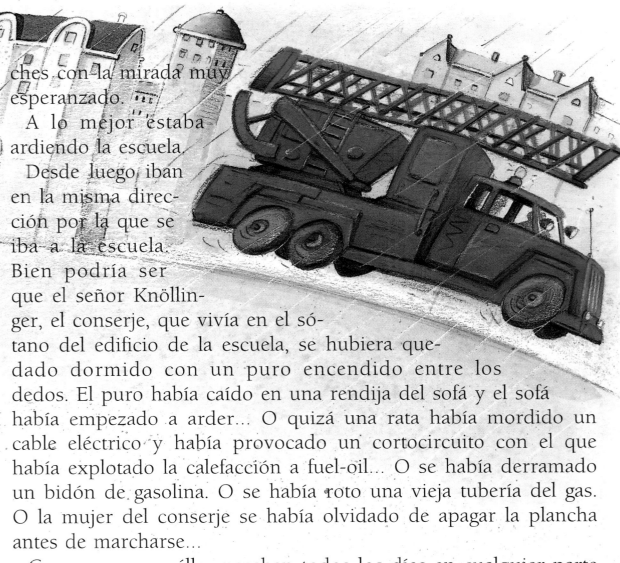

tano del edificio de la escuela, se hubiera quedado dormido con un puro encendido entre los dedos. El puro había caído en una rendija del sofá y el sofá había empezado a arder... O quizá una rata había mordido un cable eléctrico y había provocado un cortocircuito con el que había explotado la calefacción a fuel-oil... O se había derramado un bidón de gasolina. O se había roto una vieja tubería del gas. O la mujer del conserje se había olvidado de apagar la plancha antes de marcharse...

Cosas como aquéllas pasaban todos los días en cualquier parte de la ciudad, ¿no? ¿Por qué no iban a pasar entonces también alguna vez en la escuela?

Si se paraba uno a pensarlo, había tal sinfín de posibilidades de que estallara un incendio que hubiera tenido que ocurrir un milagro para que la escuela fuera una excepción.

Pero si realmente estaba envuelta en llamas en pleno día, no tenía ya el más mínimo sentido correr como un loco. Si los bomberos no lo conseguían, tampoco Hermann sería capaz de salvar la escuela, ni siquiera aunque lo intentara arriesgando su vida.

11

Vio claramente la situación. Si fuera allí, los bomberos estarían sin saber qué hacer alrededor del edificio en llamas con sus mangueras en la mano.

—¿Qué pasa? —preguntaría Hermann—. ¿Por qué no lo apagan?

—Eso es lo que nosotros quisiéramos —diría el capitán de los bomberos—, pero no podemos. No conocemos bien el interior. Necesitamos a alguien que nos guíe. Pero nadie está dispuesto a hacerlo.

—¿Por qué no? —preguntaría Hermann dejando planear su mirada por la muchedumbre boquiabierta—. Allí estoy viendo yo que hay un par de profesores. Hablen ustedes con ellos.

—Ya lo hemos hecho —contestaría el capitán de los bomberos—, pero se niegan. Sencillamente tienen miedo.

—Siendo así —diría Hermann con una sonrisa de soslayo—, dejen que me ocupe yo. ¡Síganme, señores!

Y sin vacilar ni un solo instante, se internaría rápidamente entre las crepitantes llamas de más de un metro de altura, seguido por la brigada de bomberos echando agua a todo pasto.

De todas formas, debido a la pusilanimidad de los profesores, desgraciadamente ya era demasiado tarde. Ya no era posible salvar la escuela. Tendrían que hacerse a la idea; después de todo, los culpables habían sido ellos.

Hermann todavía no tenía del todo claro si iba a sacrificarse como un héroe a las arrebatadas llamas o si iba mejor a permanecer con vida para conceder una entrevista para la televisión. Pero luego desistió de tomar una decisión, pues, por lo que conocía a los mayores, ellos de todas maneras no le iban a permitir que dirigiera los trabajos de extinción. ¡Pues entonces tendrían que ver cómo se las apañaban ellos solos! ¡Faltaría más! A él, al fin y al cabo, le daba igual si la escuela se salvaba o no. Pa-

ra él ya no había nada que hacer. ¿Para qué iba a ir ya a la escuela?

Sin embargo, ¡menudo fastidio!, seguía habiendo una mínima posibilidad, aunque extraordinariamente remota, de que la escuela no estuviera ardiendo y los bomberos tuvieran que ir a trabajar a cualquier otro sitio.

13

Hermann suspiró y se puso en marcha, un poco menos deprisa que antes, pero sí en la dirección correcta.

Cuando llegó al cruce en el que tenía que torcer a la derecha y cruzar la calle, casi atropella a un hombre que llevaba un cartel anunciador por delante y otro por la espalda. En ellos había pintados, con colores, chillones un payaso y una joven dama de cabellos dorados con un brillante traje de baño y una boa verde enroscada. En letras de color rojo chillón ponía:

HOY GRAN FUNCIÓN DE GALA
EN EL CIRCO PANDALI

Hermann siguió a aquel hombre para estudiar el cartel a fondo.

El hombre iba sin afeitar y daba vueltas de un lado a otro entre sus labios a la colilla apagada de un cigarro. Gotas de lluvia caían por el ala de su sombrero.

Cuando se dio cuenta de que el chico le seguía le guiñó un ojo.

Hermann miró a su alrededor. Ninguno de los que pasaban por allí parecía haberlo visto. El guiño, sin duda, había ido dirigido sólo a él. De alguna manera, incluso, había parecido confidencial, como si hubiera un acuerdo secreto entre aquel hombre y él.

¿Y qué clase de acuerdo? Hermann reflexionó. A aquel hombre no le conocía; eso era seguro. Quizá tuviera algo que ver con la boa.

Las boas –eso había leído una vez– eran transportadas a veces en grandes cestas. Pero a las cestas, sobre todo cuando son viejas, les pueden salir agujeros. Y probablemente la boa se había escapado corriendo (¿o en este caso había que decir "reptan-

14

do"?) por uno de esos agujeros de la cesta. Y ahora el hombre la estaba buscando.

Pero entonces, ¿por qué le había hecho un guiño pre-cisamente a él? Estaba muy claro: realmente no estaba buscando la serpiente, pues ya sabía muy bien dónde estaba. Lo que estaba buscando era a alguien que pudiera atrapar a la serpiente. Ése era el problema.

La boa se llamaba Fátima y tenía pánico al agua o, por lo menos, no le gustaba la lluvia. Por eso se había colado en un edificio, había subido por la escalera, cada vez más y más arriba, hasta que había encontrado una casa que, casualmente, tenía la puerta abierta. En la casa había un bebé que estaba durmiendo en su cunita sin sospechar nada. Fátima se había erguido justo delante y parecía un gigantesco signo de interrogación. Los anonadados padres estaban en el pasillo mordiéndose los puños.

No se atrevían a moverse, no fuera a ser que irritaran a la serpiente.

Hermann comprendió perfectamente por qué el hombre le había hecho un guiño sin decir nada. Eso significaba: ¡sígueme con disimulo! La población no debe enterarse de ninguna manera del terrible peligro en que está sumida toda la ciudad, pues, si no, cundiría el pánico y estaría todo perdido. Sólo un especialista como tú, que lo sabes todo sobre las serpientes, puede salvar todavía la situación.

Naturalmente, Hermann estaba dispuesto a salvarle la vida al bebé, aunque en general a él los bebés no es que le gustaran mucho precisamente. A pesar de todo, ellos también eran algo así como seres humanos y tenían derecho a que los salvaran, aunque para ello hubiera que perderse un par de horas de clase. Allí estaba aquel lactante indefenso; delante de él serpenteaba la boa con sus fauces muy abiertas... En esas circunstancias, ¿quién hubiera podido decir sin cargo de conciencia "lo siento, pero tengo que irme urgentemente a la escuela"? Eso sonaba sospe-

chosamente a una excusa cobarde. Hermann jamás sería tan canalla. Sobre todo siendo él el único que podía salvar aquella situación.

Con gesto decidido desfiló detrás del hombre del cartel. Estaba preparado.

En cuanto llegaran a la casa lo primero que haría sería quitar de en medio a todas las demás personas; simplemente por precaución, para que nadie resultara dañado. Estaría él solo con la peligrosa bestia. Estarían el uno frente al otro mirándose a los ojos. Ya se sabe que las boas hipnotizan a sus víctimas. Pero Hermann también sabía hipnotizar. Era incluso el mejor hipnotizador del mundo. ¡Justo por eso era por lo que aquel hombre le había pedido ayuda!

Entre Fátima y él se entablaría una lucha violenta y silenciosa; un combate entre fuerzas internas que la gente normal y corriente no tenía ni la más mínima idea de lo terrible que era. No soltaría ni un segundo al animal de las garras de su inquebrantable fuerza de voluntad..., hasta que finalmente tuviera que rendirse a la superioridad del alma humana y tuviera que quedarse tendida sobre la alfombra, más tiesa que una vara.

Pálido y agotado por el tremendo esfuerzo, Hermann permitiría que los padres le dieran su entusiasmado agradecimiento y después, con una misteriosa sonrisa en los labios, desaparecería entre la multitud de personas que entretanto se habrían congregado allí... Un misterioso desconocido del que nadie sabía gran cosa.

El hombre de los carteles anunciadores se detuvo de repente, se dio media vuelta y observó a su perseguidor con una mirada interrogante, pero no dijo nada.

—Perdón —balbuceó cortado Hermann—, la boa... Quiero decir..., yo sólo quería... ¿Dónde está?

El hombre mascó la colilla de cigarro apagada y pareció no comprender muy bien del todo.

—¿Eh? —gruñó.

—¿Y el bebé? —quiso saber Hermann—. Sólo quería saber si Fátima..., o sea, esa boa...

—Ná de boas —chapurreó el hombre—. Ya no nos quea

ni una boa. Sólo está aquí en el calté poque nos ha quedao del año pasao. Entonces sí que tiníamos un gran número de selpientes. Pero semos pobres, ¿comprende? No tenemos dinero, ¿comprende? Por eso no poemos hasé un calté nuevo. Así que aquí está er viejo, ¿comprende?

—Sí —dijo decepcionado Hermann—, comprendo. ¡Qué lástima! Disculpe.

Y se dio media vuelta y se marchó.

—Nay de qué —contestó el hombre siguiéndole asombrado con la mirada.

Pasó un buen rato hasta que Hermann descubrió dónde estaba realmente. Con la emoción de la caza de la boa no se había fijado en el camino por el que le había llevado el hombre-anuncio.

Cuando por fin consiguió encontrar otra vez el cruce, el semáforo estaba en rojo para los peatones y esperó.

Realmente, ¿por qué no le habría preguntado sencillamente al hombre del circo si no necesitarían en su compañía precisamente a un chico pequeño? Por ejemplo, para hacer de liliputiense. O de tonto de capirote. No: mejor de acróbata. La orquesta tocaría un redoble de tambor y mientras las mil cabezas del público contenían la respiración, Hermann –con el nombre de Ermanio– saldría lanzado hacia arriba desde un trampolín, daría un triple salto mortal y aterrizaría en todo lo alto de una torre formada por seis hombres. El aplauso sería ensordecedor. A los reporteros, que llegarían allí a montones de todo el mundo, les diría:

—Señores míos, todo esto empezó muy fácilmente: con una voltereta que le hice cuando era pequeño al director del circo, quien enseguida reconoció mis inigualables dotes acrobáticas...

El semáforo seguía estando en rojo.

O de mago... Sí, eso era todavía mejor. El misteriosísimo Míster X con frac y sombrero de copa y una capa negra. Para eso, naturalmente, ya no bastarían los trucos con los tapones de corcho y las monedas, pero eran un buen comienzo.

Por ejemplo, sabría perfectamente hacer telepatía. Y la transmisión de pensamiento sería para él una minucia. Haría aparecer o desaparecer, simplemente con el pensamiento, las cosas más increíbles: coches, elefantes... Incluso a sí mismo.

El semáforo seguía en rojo igual que antes.

En ese momento a Hermann le dio la sensación de que había estado todo el tiempo en rojo. Quizá fuera que no funcionaba. Cosas como aquélla ocurrían a veces. A veces los semáforos se tiraban horas en el mismo color, se formaban atascos y unos jaleos tremendos hasta que finalmente llamaban a un técnico especialista de la compañía central de semáforos de tráfico para que pusiera todo en orden. Pero, ¿quién sabe si precisamente ese día aquel hombre no estaría ocupado en algún otro sitio y primero

había que ir a buscarle..., por ejemplo, con un helicóptero, porque estaba en ese momento en la sierra? Y mientras tanto, en toda la ciudad, o incluso en todo el país, los semáforos se habían
quedado parados por una acción de sabotaje de agentes enemigos. Y es que tenían unos emisores especiales con los que podían paralizarlo todo. Y mientras no se descubriera su sede se-
creta no se podría hacer nada de nada.

21

Nadie podía pretender que Hermann se quedara allí parado bajo la lluvia esperando el final de aquella historia. Y cruzar sin más la calle con el semáforo en rojo... De eso nada; eso era absolutamente imposible. Hasta los profesores debían reconocer que eso no podían exigírselo a nadie. Al fin y al cabo, ellos mismos siempre les habían advertido una y otra vez a los alumnos que con el semáforo en rojo no debía uno cruzar la calle de ninguna manera. Así que ahora tenían que atenerse a su palabra. Después de todo, sólo porque en esta ocasión estuvieran en juego sus propias horas de clase, no podían defender de repente todo lo contrario. No podían decir unas veces una cosa y otras otra, según les conviniera. ¡Pero a Hermann no! ¡A Hermann ellos no podían hacerle eso! Se daría la vuelta y se iría a casa... o a cualquier otro sitio menos cruzar la calle con el semáforo en rojo.

Pero, como el gran mago que todavía seguía siendo en ese momento, Hermann decidió hacer un último intento. Iba a emplear su increíble fuerza mental para hacer fracasar los planes de los agentes enemigos.

Fijó penetrantemente en el semáforo su mágica mirada y, mira por dónde, en ese mismo momento volvió a funcionar y se puso en verde.

El misteriosísimo Míster X cruzó la calle y no estaba muy seguro del todo de si no sería mejor emplear para otra cosa su increíble fuerza mental.

Delante de él iba cojeando, encorvada, una pobre y vieja mujer. En una mano llevaba su paraguas abierto y en la otra sostenía una bolsa de la compra grande y pesada.

Hermann se fue detrás de ella y la observó preocupado.

Qué fácil era que la pobre mujer perdiera algo de la bolsa; algo que le hiciera mucha falta, como un billete de mil marcos. Ella no se daría ninguna cuenta, ni nadie más tampoco, y el agua de la lluvia arrastraría el billete hasta la alcantarilla más próxima y se habría perdido para siempre. ¡El único patrimonio de la pobre señora! Aquello, evidentemente, había que impedirlo. Había que pescar inmediatamente aquel billete y devolvérselo a su propietaria.

A lo mejor luego se descubría que solamente se había disfrazado de señora mayor pobre. En realidad ella era una condesa que tenía un palacio lleno de tesoros y coches de caballos y criados. Eso, naturalmente, explicaba también lo del billete de mil marcos, pues a Hermann le había parecido un poco raro tratándose de una vieja y pobre señora.

El caso era que cuando le devolviera el dinero entablarían una conversación y ella le invitaría a cacao y pasteles para conocer-

le mejor. Luego, más adelante, por su honradez, lo adoptaría como hijo..., porque es que ella no tenía descendientes ni herederos. Entonces los profesores de la escuela tendrían que hacerle grandes reverencias y llamarle "Alteza" o algo parecido, y sus padres entonces sentirían no haberle tratado mejor, pero él sería magnánimo y les perdonaría. Quizás les permitiera incluso vivir en el palacio. En la portería, naturalmente. Por lo menos durante las vacaciones. O de vez en cuando. ¡Al fin y al cabo tenían ya a Carla, que para ellos era lo único importante! Ellos lo habían querido así y ahora tenían que conformarse. Era lo justo, ¿no?

Hermann no le quitó la vista de encima a la bolsa ni un segundo, pero no se cayó nada. Y finalmente la vieja y pobre señora desapareció en el interior del portal de una casa. Al parecer no era ninguna condesa disfrazada.

Hermann suspiró y se detuvo.

En aquel momento ya no sabía dónde estaba realmente..., aunque lo que sí era seguro es que se había desviado bastante del camino de la escuela.

En algún lugar de los alrededores, el reloj de una torre dio ocho campanadas y Hermann sintió un ligero pinchazo en el estómago. Ahora sí que era ya demasiado tarde; la escuela empezaba en ese momento e hiciera lo que hiciera llegaría tarde. Ahora sólo había dos posibilidades: o encontraba una buena disculpa –una disculpa a la que nadie en el mundo pudiera replicar nada– o sería mejor que ya ni fuera.

La segunda posibilidad la rechazó de momento, pues siempre podía echar mano de ella. Cierto era que le proporcionaría una mañana sin clase, pero también un montón de problemas. No quería ni pensarlo, así que consideró la primera posibilidad: la de la buena disculpa.

En el edificio ante el cual estaba había una pequeña tienda de tabacos y periódicos. La mirada de Hermann se paseó por las diferentes primeras planas. En todas ellas, en la parte de arriba, ponía "lunes" y la fecha.

Hermann empezó a reflexionar profundamente.

Realmente, ¿cómo podía estar todo el mundo tan seguro de que era lunes? ¿Acaso el lunes tenía algo especial que lo diferenciaba de un jueves o de un miércoles? De las patatas, por ejemplo, se podía afirmar sin ningún lugar a dudas que eran patatas y no plátanos, y los plátanos, a su vez, eran completamente dife-

25

rentes a las lechugas... Pero, ¿un lunes? ¿Acaso tenía alguna característica especial que lo hiciera ser lunes?

Naturalmente todos creían sin más ni más que era lunes, pero, en sentido estricto, eso no era, ni mucho menos, una prueba científica. También antiguamente todo el mundo creía que la Tierra era plana como un plato y no redonda como una pelota. No porque todo el mundo crea en una cosa falsa, ésta se vuelve verdadera.

"Supongamos", se dijo Hermann, "que en algún momento a lo largo de los siglos o incluso de los milenios –pongamos, por ejemplo, hace ochocientos veintisiete años– se hayan equivocado sencillamente al contar, simplemente por descuido. Que se hayan saltado un viernes por pura distracción. Con la increíble cantidad de días que ha habido desde la creación del mundo no sería realmente nada extraño que en algún momento se haya producido un error así. Pero entonces hoy ya no sería lunes, sino un día menos. O sea: ¡domingo! Y los domingos no se puede ir a la escuela, ni siquiera aunque uno lo esté deseando...".

Aquella idea realmente tenía mucha miga. En ese caso, evidentemente, Hermann no tenía que buscar ninguna disculpa por llegar tarde, pues tenía todo el derecho del mundo a no ir siquiera. Por el contrario, los demás estaban todos equivocados y tenían que buscarse una buena disculpa para explicar por qué, a pesar de todo, habían ido a la escuela.

Bien es verdad que, para ser sincero, Hermann tenía que reconocer que también cabía la otra posibili-

...dad, es decir, que por un error a lo largo de los siglos se hubiera contado el mismo día dos veces. Eso era exactamente igual de posible que lo otro.

En ese caso, sería martes, lo cual, a efectos de la escuela, nada cambiaba con respecto al lunes.

De todas formas, una cosa era segura: mientras aquella pregunta no tuviera una respuesta científica irreprochable, los profesores tendrían que apañárselas sin Hermann. ¡Y es que era absolutamente irresponsable la ligereza con la que los seres humanos vivían sin pensar en el día de mañana! Pero él, Hermann, no formaba parte de aquella irreflexiva masa de gente. Él era un investigador del tiempo y, además, el más importante del mundo; quizá incluso el primero de todos. Él era el pionero de la calendariología y el fundador de una ciencia novísima. Sus incultos congéneres, naturalmente, le pondrían todo tipo de dificultades, pero ya se sabe que eso les pasa a todos los grandes investigadores. Por lo menos al principio. Después les daban el premio Nobel y aparecían en todos los libros de lectura.

Con la frente arrugada, Hermann siguió andando sin fijarse por dónde iba.

Investigar el asunto con precisión científica... Aquello sonaba muy bien, pero ¿cómo? Naturalmente no po-

día preguntar a nadie, precisamente porque todos estaban convencidos de que era lunes. Repasar la cuenta tampoco servía, porque ¿desde cuándo había que empezar a contar? Contar hacia atrás a partir de ese día no conduciría a nada, porque entonces había que partir de la base de que era lunes o martes o domingo y eso había que demostrarlo primero. Contar a partir de la creación del mundo en adelante hasta la fecha actual tampoco se podía, porque nadie sabía a ciencia cierta cuándo se había producido realmente.

Hermann suspiró. Sus ideas se liaban cada vez más y la lluvia se le colaba por las mangas y por detrás, por el cuello del abrigo.

Realmente no había creído que el problema fuera tan difícil de resolver. Como no se le ocurría absolutamente ninguna solución, decidió, pasado un rato, que era mejor no ser el fundador de la calendariología científica y resolver la cuestión de cualquier otra

manera. Por ejemplo, mediante una señal, el azar, un oráculo...
¡Sí, eso era! ¡Que el destino decidiera!

Miró a su alrededor y comprobó que había ido a parar a una plaza que jamás había visto antes. En el centro había una gran fuente redonda, y alrededor de ella todo el suelo estaba pavimentado con baldosas negras y blancas que formaban todo tipo de figuras. Era justo lo que necesitaba para averiguar su destino.

Si conseguía llegar hasta el otro lado de la plaza pisando solamente las baldosas blancas, eso querría decir que realmente era lunes y tenía que ir a la escuela, independientemente de que ya fuera a llegar demasiado tarde o no. Por el contrario, si por muy buena voluntad que pusiera no era posible llegar al otro lado de la plaza, entonces es que era domingo y, por tanto, no tenía clase. Se dio a sí mismo su palabra de honor de intentarlo con todas sus fuerzas y no hacer trampas.

Durante un buen rato estuvo saltando a la pata coja por la plaza, hacia delante, hacia la izquierda, hacia la derecha o también otra vez hacia atrás cuando no podía pasar por ningún sitio. A veces también se quedaba bastante tiempo balanceándose sobre una sola pierna, porque tenía que pensar lo que iba a hacer a continuación y no había sitio suficiente para poner los dos pies. Se imaginó que las baldosas negras eran profundos y oscuros abismos por los que infaliblemente se precipitaría simplemente con tocarlas. Allí abajo, en la oscuridad, vivían serpientes venenosas, escorpiones y gigantescas arañas que avanzarían hacia él palpando con sus largas patas. Al pensarlo se sintió realmente

horrorizado. Tan horrorizado incluso que hubiera preferido dejar aquel juego y salir de allí corriendo. Pero ahora tampoco se atrevía ya a hacerlo. Había desafiado al destino y ahora tenía que resistir ocurriera lo que ocurriera. Intentó espantar de su imaginación los abismos y las arañas, pero en lugar de eso le vino a la mente un pensamiento que le inquietó mucho más todavía.

Las figuras que formaban las baldosas blancas y negras no eran regulares, sino diferentes por todas partes. ¿No podría ser que se tratara de algún dibujo de algún tipo o quizá incluso de misteriosas letras de un alfabeto desconocido? Y quién sabe qué repercusiones tendría el hecho de que él, sin más ni más, estuviera saltando por ahí de una a otra. Se sentía igual que alguien que ha encontrado una gran máquina misteriosa con muchos botones y muchas teclas y lo único que hace es tocar por todas partes sin saber lo que está haciendo. ¡En esas condiciones podía ocurrir cualquier cosa! Quizás con sus saltos estuviera escribiendo sin querer una especie de fórmula mágica completa que despertaría y atraería a un gigantesco monstruo de las profundidades de la Tierra. O quizás él mismo se viera transportado de repente a otro planeta o a la cuarta dimensión o algo parecido.

De pronto no se atrevía a moverse.

Quizás, sin embargo, aquella plaza entera estuviera también construida así a propósito para transmitir noticias secretas. Quizás hubiera en el universo exterior algún satélite que registraba todos los movimientos de Hermann y los transmitía a una central de espionaje. Allí su mensaje ya habría provocado una profunda agitación.

—¡Alarma! —gritarían todos a un tiempo—. ¿Quién es ese chico? ¿Cómo ha conseguido averiguar nuestro secreto?

—Lo que sí es seguro —diría el jefe supremo de los espías con una sombría mirada— es que es un peligro mortal para nosotros. Sabe demasiado. ¡Traédmelo aquí, vivo o muerto!

Todo un ejército de espías se pondría en marcha y le cercaría en un abrir y cerrar de ojos. Huir sería inútil.

—¡Qué, jovencito! —diría uno de los hombres—. ¿Qué es lo que estás haciendo que tanto te divierte?

—Nada —contestaría Hermann—, es sólo un juego para averiguar si hoy es lunes y tengo que ir a la escuela.

—¡Qué interesante! —diría otro con una torcida sonrisa burlona—. ¿Y a quién le has comunicado con tu jueguecito la fórmula de nuestra arma supersecreta?

—Ni idea —replicaría Hermann—. ¡Ha sido pura casualidad, seguro!

Los espías intercambiarían unas miradas muy elocuentes.

—Éste es uno de esos tipos duros —murmuraría el primer hombre—. Bueno, el jefe tiene sus métodos para acabar con tipos como tú. Puedes estar seguro de que vas a contárnoslo todo. ¡Lleváoslo!

Y entonces adormecerían a Hermann con cloroformo, le atarían de pies y manos, le amordazarían y le meterían en el maletero de su coche.

Nadie volvería jamás a oír nada de él.

Aquí y allá había gente que pasaba por la plaza, la mayoría con paraguas, y Hermann se preguntaba cómo podrían ir así de despreocupados sin pensar en ningún peligro. Y entonces, de repente, sintió un calor tremendo a pesar de que la lluvia se le colaba por las mangas y por detrás, por el cuello del abrigo, pues observó que tres hombres de aspecto sombrío, con sombreros negros y gabardinas negras, iban lenta, pero directamente hacia él, no quitándole la vista de encima.

¡O sea, que era verdad que venían!

Hermann corrió lo más deprisa que pudo; primero atravesó la plaza, luego se metió por una bocacalle y volvió a doblar otra vez la esquina. Mientras corría volvía la cabeza para mirar. Al parecer no le perseguía nadie, pero, naturalmente, aquello podía ser un engaño. Si era verdad que los espías le habían cercado y le tenían rodeado, más tarde o más temprano caería en sus manos si seguía corriendo a lo loco.

Se paró y se puso a pensar. Ahora, de repente, sentía frío, tenía los pies mojados, el abrigo se había empapado y pesaba mucho. Hermann empezó a tiritar.

Tenía que salir de allí sin que le vieran; estaba claro.

Sin pensárselo mucho se metió en una furgoneta de reparto que tenía la puerta de atrás abierta. En el compartimento de carga había docenas de abrigos, trajes y vestidos colgados. Probablemente aquel vehículo era de una tintorería o de una tienda de ropa. Hermann se acurrucó detrás de las prendas. Nada más meterse cerraron la puerta y se quedó completamente a oscuras. Entonces Hermann pudo sentir y oír cómo el vehículo se ponía en marcha y arrancaba.

Mientras iba allí a oscuras, agazapado en su rincón detrás de las prendas de vestir y sacudido por la marcha del vehículo, empezó a sospechar que posiblemente su fantasía le había jugado una mala pasada. ¿Para qué había salido huyendo de aquellos

tres hombres? Probablemente habrían pasado de largo sin hacerle caso. A lo sumo, quizás, le habrían preguntado que qué hacía allí lloviendo como estaba y le habrían aconsejado que se volviera a su casa. Posiblemente no fueran más que peatones normales y corrientes, y no espías.

Pero ahora ya era demasiado tarde para todas aquellas reflexiones. Ahora iba a oscuras en el interior de una camioneta de reparto que quién sabe hasta dónde le llevaría. Ahora la cosa sí que se estaba poniendo arriesgada de verdad y no solamente en su fantasía. Bien podría ocurrir que aquel vehículo fuera hasta muy lejos, hasta otra ciudad o incluso hasta un país extranjero. ¿Cuándo podría volver a salir de allí? ¿Cuando el vehículo llegara a algún almacén y se pasara allí varios días parado? Se moriría de hambre y de sed. ¿Debía gritar y pegar puñetazos contra las paredes para que supieran que estaba allí? ¿Y si nadie le oía? Y si sí le oían, ¿qué harían entonces con él?

Hermann empezó a llorar un poco, un poquito nada más. Ahora se hubiera alegrado mucho si pudiera estar con papá y mamá; incluso la compañía de Carla hubiera sido para él casi un

consuelo. En cuanto pudiera salir de allí se iría andando a su casa. O cogería el metro, según lo lejos que estuviera. Algo de dinero sí que tenía en el bolsillo. Y luego les confesaría todo a sus padres, les confesaría toda la verdad.

De pronto el vehículo se detuvo; luego abrieron la puerta de atrás y sacaron unos vestidos.

Hermann tuvo que ir a estornudar precisamente en ese momento.

Durante un instante todo permaneció en silencio; luego un brazo largo apartó las prendas y Hermann vio la sorprendida cara de un hombre gordo de mediana edad.

—¡Anda! —dijo—. Pero chico, ¿qué haces ahí dentro?

Sin pensárselo dos veces, Hermann salió de su escondite, apartó de un empujón a aquel hombre y corrió todo lo que pudo. En plena carrera echó un vistazo hacia atrás y vio que al hombre se le habían caído al suelo, en mitad de un charco, todos los vestidos que llevaba en los brazos. Señalaba a Hermann y le gritaba algo, y tenía la cara bastante colorada.

"Lo siento", pensó Hermann, "pero así es la ley del Salvaje Oeste. O él o yo. Y yo he sido más rápido. Yo soy el más rápido y soy temido en todos los estados, desde Alaska hasta México".

Su carrera se transformó en un galope.

Los cascos de su caballo negro, Viento Tempestuoso, tronaban sobre la pradera.

34

Se sentía libre y alegre y soltó un estridente "¡Yupi, yuju!". Había conseguido librarse una vez más de los esbirros que le perseguían.

Tras una breve e intensa galopada, llegó al pie de las Montañas Azules y allí estaba ya también la entrada del desfiladero secreto que sólo él conocía. Ahora ya ninguno de los cazadores de recompensas le encontraría; ninguno se ganaría los cien mil dólares –esa miserable recompensa– que ofrecían por él, Hermann, llamado Hermy, el vengador de los desposeídos, las innumerables órdenes de arresto por todo el Salvaje Oeste. Nada ni nadie, ya fueran alcaides, sheriffs o jueces, podían hacerle desistir de hacérselas pagar a esos canallas ricos y poderosos. Ninguno de ellos se escaparía de su justo castigo por las amargas injusticias que habían cometido contra él.

Hermy, el vengador de los desposeídos, sujetó a su caballo, que se encabritaba, para poder pensar con calma qué clase de amarga injusticia podía ser la que habían cometido. Mientras exploraba con su vista de águila el paisaje que le rodeaba, desapareció de sus labios la sonrisa de desprecio y se abrió paso una expresión más bien de desconcierto.

Al parecer había ido a parar al piso superior de una casa medio derruida y no tenía ni idea de cómo había podido llegar hasta allí.

Estaba en una habitación que tenía las ventanas hechas trizas; en las paredes quedaban restos de papel pintado y un par de cables de la luz; el techo tenía agujeros y en el suelo había, por todas partes, todos los desechos imaginables. Todas las puertas estaban quitadas.

Hermann inspeccionó las demás habitaciones. En una de ellas faltaba incluso una de las paredes laterales y mirando hacia abajo

35

se podía ver el patio, en el que, en medio de un montón de escombros y de charcos, había una gran excavadora que en ese momento, sin embargo, no estaba en funcionamiento. A lo mejor en ese instante los obreros estaban tomándose un descanso por la lluvia, que ahora caía cada vez con mayor intensidad.

Hermann se acercó hasta el borde y echó un vistazo hacia abajo. Aquella habitación estaba en el segundo piso. Cuando el suelo crujió ligeramente y se desprendieron unos cuantos cascotes prefirió mejor retirarse otra vez hacia atrás.

A la escalera le faltaba la barandilla; a pesar de ello, Hermann subió a los pisos de arriba. Pero no encontró nada interesante, pues todas las viviendas estaban vacías. Sólo cuando finalmente registró el desván encontró un par de viejas maletas medio enmohecidas.

Un viento frío entraba por los tragaluces del tejado, que estaban abiertos, y a Hermann le empezaron a castañetear un poco los dientes. A pesar de eso, no quería marcharse. Las misteriosas maletas ejercían sobre él una atracción irresistible.

Una voz interior le decía que allí dentro había tesoros ocultos. No podía ser de ninguna otra manera. Con el nerviosismo el corazón le empezó a palpitar como loco.

Hacía bastante tiempo había vivido en aquella casa un maharajá indio —desconocido, naturalmente, y bajo un apellido normal y corriente, como Lehmann o Huber— que había escondido todos sus tesoros allí arriba, en el desván, y que más tarde no se había acordado de volver a recogerlos. O mejor aún, sería un pirata. Sí, se trataba de un corsario famoso en el mundo entero. Hacía ya cien años que había sido capturado y ahorcado, pero habían buscado su tesoro en vano, porque suponían que estaba escondido en una salvaje costa rocosa o en una isla dejada de la mano de Dios...; en cualquier sitio menos allí, en el desván de

36

una casa de vecinos normal y corriente. Para eso hacía falta tener un olfato tan infalible como el que sólo Hermann poseía.

Ahora, cuando abriera las maletas, se encontraría, encima de un reluciente montón de monedas de oro, collares de perlas y piedras preciosas, un antiquísimo y frágil pergamino en el que pondría más o menos lo siguiente:

"Yo, Jonathan Jakob Black, capitán y patrón del 'Novia del Viento', buque corsario temido en los siete mares, lego este tesoro conseguido mediante la rapiña y el crimen a aquel que lo encuentre, sea quien sea, con la única condición de que lo emplee en beneficio de la Humanidad y de los animales, para que mi alma, condenada al infierno, pueda descansar por fin en paz y en calma. Si no lo hiciera así, mi fantasma seguirá cada uno de sus pasos, causándole a la postre un horrible final."

Y debajo habría pintada una calavera con dos tibias cruzadas.

Hermann tuvo que estornudar violentamente varias veces seguidas. Del bolsillo del pantalón sacó su pañuelo, pero estaba ya completamente sucio y totalmente mojado. Se lo volvió a guardar y se limpió la nariz con la manga de su abrigo.

Luego se agachó para abrir la maleta.

—No hay nada dentro —dijo de repente en voz alta y clara un montón de papeles de periódico que había en un rincón del desván—. Yo también he mirado ya.

Hermann se pegó tal susto que fue incapaz, literalmente, de mover ni un sólo músculo. Sintió en el cuero cabelludo el mismo picor que si le hubieran pinchado con mil agujas. Era la sensación a la que algunas historias de terror se refieren cuando dicen que se le ponen a alguien los pelos de punta.

El montón de papeles de periódico se movió y apareció un viejo que llevaba un abrigo raído, unas orejeras y un gorro lleno de manchas, y que ahora se estaba poniendo detenidamente unas gafas. Tenía la nariz colorada y bulbosa y una barba blanca de varios días adornaba su mentón. Examinó al recién llegado con ojos pícaros y algo encendidos.

—¡Hola, colega! —dijo saludando estridentemente con la mano—. Buenos días o buenas tardes, según.

A Hermann se le fue pasando poco a poco el susto; aquel tío viejo no parecía exactamente peligroso. Él también levantó la mano y dijo casi sin voz:

—¡Hola!

—¿Cómo va el mundo? —quiso saber el viejo—. ¿Sigue existiendo todavía o se ha destruido ya?

Hermann no supo qué contestar, así que simplemente se encogió de hombros.

—Es que he estado durmiendo aproximadamente cien años —siguió diciendo el viejo poniéndose de pie—. ¿No te lo crees? No te preocupes, que ya te lo creerás. El tiempo es algo relativo. Para unos pasa deprisa, para otros despacio. Eso es lo que hace tan difícil el trato con seres humanos. ¿Cómo va a hablar uno con los demás si uno deja atrás por el camino al otro? ¿Qué día fue ayer, colega?

—Domingo —contestó Hermann—, o por lo menos eso es lo que todos dicen.

El viejo le lanzó rápidamente una mirada; luego asintió con la cabeza.

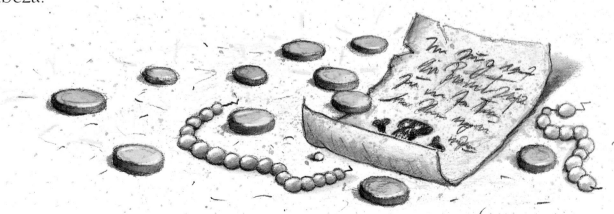

—¿Ves? ¿Qué te había dicho yo? —dijo desperezándose y bostezando—. Ven, colega, vamos a ver si encontramos algo para desayunar.

Hermann siguió vacilante a aquel hombre a otra zona del desván. De alguna manera se sentía halagado por el hecho de que le llamara colega, pero, de alguna manera también, ese tratamiento le parecía un poco exagerado. Y es que él era una especie de vagabundo, sí..., ¡pero no hasta ese punto!

En un rincón había varias botellas, unas tiradas y otras de pie; algunas tenían aún un poco de vino tinto o algún resto de cerveza. El viejo se lo fue bebiendo todo, botella por botella, mientras Hermann le observaba.

—Oye, y ¿cómo te llamas? —preguntó el viejo.

—Hermann.

—Yo me llamo Albert, pero eso no hace falta que te lo aprendas. Todos me llaman Einstein. Basta con que preguntes por Einstein, incluso a la policía. Todos me conocen. ¿Quieres tú también un trago?

Hermann sacudió la cabeza. Einstein le examinó detenidamente a través de sus gafas.

—Debes de pensar que eres todavía demasiado joven para tomar un trago como es debido, ¿eh? ¿Quieres que te diga una cosa, Hermann? Yo apenas soy mayor que tú. ¿Qué nos apostamos? ¿Cuántos años tienes?

—Nueve —contestó Hermann no ajustándose del todo a la verdad.

—¿Lo ves? ¿Qué te había dicho yo? —continuó diciendo Einstein asintiendo meditabundo con la cabeza—. En realidad no tengo más que dieciocho años; soy un jovenzuelo de dieciocho años. Sólo que no lo parezco porque..., sencillamente porque he vivido más deprisa. ¿Comprendes, colega? Mucho más deprisa. Y es que el tiempo es relativo.

—¿De verdad? —preguntó Hermann, a quien aquella idea le fascinaba cada vez más—. ¿Y cómo es posible eso?

Einstein tosió largo y tendido.

—¿Tienes un cigarrillo para mí, colega?

Hermann dijo que no con la cabeza.

—Eres no fumador, ¿eh? —preguntó Einstein—. Bueno, yo tampoco fumo..., por lo menos cuando estoy durmiendo. Mientras duermo soy no fumador. Y es que lo que uno es o deja de ser es relativo. ¿Tienes dinero?

—Sólo lo que llevo en el bolsillo.

—¿Mucho?

—Seis marcos —murmuró Hermann.

—Eso es suficiente —afirmó Einstein.

—¿Para qué? —preguntó Hermann.

Einstein reflexionó durante unos instantes y luego explicó:

—Yo creo que eres rico. Yo también podría ser rico. Podríamos ser ricos los dos, si tú quieres, claro.

—¿Con seis marcos? —dijo Hermann poniéndolo en duda—. ¿A eso le llama usted ser rico?

—Eso también es relativo —dijo Einstein—. Con seis marcos se puede

comprar mucho dinero. Un montón, Hermann. Cientos de marcos, miles quizá. ¿Te gustaría tener mil o dos mil marcos, colega?

Hermann, naturalmente, sí que quería, pero no se fiaba mucho de aquel asunto.

—Con poco dinero no se puede comprar mucho dinero —dijo—. Si se pudiera, entonces sería facilísimo. Entonces nadie tendría ya que trabajar.

—¿Trabajo yo acaso? —replicó Einstein—. No, Hermann, ya hace mucho tiempo que dejé de hacerlo. Ninguna persona razonable lo hace. ¿Has oído hablar alguna vez de los intereses, colega?

Hermann asintió con la cabeza, inseguro. La palabra la había oído ya más de una vez, pero no sabía qué era lo que significaba exactamente.

Einstein continuó diciendo:

—Te lo voy a explicar, Hermann. Intereses significa que cuando uno tiene dinero ya no tiene que hacer nada. El dinero se multiplica por sí solo. Cada vez va siendo más y más y más. Sale de la nada, por así decirlo. Parece como un truco de magia, ¿a que sí? Y es que realmente lo es, pero es un truco que funciona de verdad. Yo te lo demostraría, Hermann, si casualmente ayer no me hubiera gastado todo mi capital. Y sin nada en absoluto tampoco se puede empezar.

—¿Y cómo es que se multiplica? —preguntó Hermann—. ¿Cómo puede ocurrir eso?

Einstein levantó las gafas y se las colocó en la frente.

—Eso para un profano es muy difícil de explicar. Casualmente yo soy un experto en esta materia. Te lo haré lo más fácil posible, pero tienes que prestar mucha atención. Pues bien, supongamos que yo soy un banco y que tú eres tú. Ahora tú me das..., digamos que cien marcos. Los dejas un año sin tocar en el banco, o sea, conmigo. Al cabo de un año yo te devuelvo los cien marcos y otros diez además. Ahora tú me das los ciento diez marcos. Al cabo de un año recibes ya de mí, o sea, del banco, otros once marcos, porque tú esta vez me has dado más dinero que la primera. Así que al cabo de dos años ya tienes ciento veintiún marcos. Y así va todo sucesivamente. Cada año va habiendo más dinero, sin hacer nada de nada. Eso se llama interés e interés de intereses. Es estupendo, ¿no te parece?

—Sí... —opinó Hermann—, sólo que se tarda bastante tiempo.

Einstein volvió a asentir con la cabeza de aquella forma meditabunda típica en él.

—Efectivamente, en eso tienes razón, colega. Ése es justo el quid de la cuestión. Y por eso, como ya te dije, me he hecho viajero del tiempo.

—¿El qué? —preguntó, asombrado, Hermann.

—Viajero del tiempo —explicó Einstein—. ¿No lo habías oído nunca? Es una profesión muy moderna. Sólo existe desde mi tocayo, el profesor ése. Hay gente que viaja de un lugar a otro; va y vuelve. Esa gente viaja en el espacio. Un viajero del tiempo viaja al pasado o al futuro, por ejemplo, al año pasado o a hace cien años o al milenio que viene.

Hermann se quedó mirando a aquel hombre con la boca abierta.

—¿Ha estado usted de verdad alguna vez en el futuro?

—Claro —dijo el viejo—, docenas de veces.

—¿Y cómo es? —quiso saber Hermann.

Einstein torció la boca.

—Nada del otro mundo. Es bastante aburrido incluso.

—¿Podría...? —balbuceó Hermann—, ¿... podría llevarme allí con usted?

El viejo se rascó la cabeza por encima del gorro y puso cara de preocupación.

—Bueno, es que..., ¿sabes...? Me temo que no va a poder ser. Seguro que has oído alguna vez lo mucho que se tienen que entrenar los astronautas antes de poder resistir un viaje al espacio. En nuestro caso, el de los viajeros del tiempo, es todavía más difícil. Me he pasado años entrenándome antes de ser capaz de hacerlo. Me temo que tú te caerías muerto sin más si te llevara conmigo. No quiero asumir esa responsabilidad. Lo sentiría por ti porque tú eres verdaderamente un colega estupendo, Hermann.

—Vaya hombre —dijo, decepcionado, Hermann—. O sea, que lo único que ha hecho es tomarme el pelo, ¿no?

Einstein se volvió a poner las gafas encima de la nariz y miró ofendido al chico.

—¿Acaso piensas que te estoy engañando? Pues entonces lo siento mucho, Hermann. Siendo así no hace falta que sigamos hablando.

Se puso de pie e hizo intención de marcharse.

—¡Demuéstremelo! —exclamó, obstinado, Hermann.

Einstein se detuvo y se dio la vuelta lentamente.

—Ya te he preguntado yo si querías tener acaso un montón de dinero. Pero como tú no quieres... Lo siento mucho.

—¿Dónde está ahí la prueba? —preguntó Hermann.

—Ya lo verías —dijo el viejo—. ¿Diez mil o cien mil marcos no serían acaso una prueba?

—¿Cien mil? —susurró Hermann—. ¿De veras?

—Pueden ser más incluso —añadió Einstein como sin darle importancia—. Todo lo que tú quieras. ¿Qué te parecería un millón?

Hermann se quedó sin habla.

—Pero, naturalmente —añadió el viejo—, lo primero que necesito es tener un capital inicial, pues de la nada no sale nada. Tus seis marcos serían suficiente.

—¿Y cómo lo haría usted?

—¿Es que todavía no lo has cogido, colega? ¡Si es sencillísimo! Viajo cien años atrás en el pasado y con mi dinero abro allí una cuenta en un banco. Luego vuelvo al presente y voy al mismo banco. Naturalmente en los cien años el dinero se ha multiplicado un montón, ¿comprendes? Ahora ordeno que me lo abonen todo y vuelvo a viajar con ello otros cien años atrás. Allí lo vuelvo a ingresar todo, regreso al presente y lo vuelvo a sacar. Y lo hago todas las veces que haga falta hasta que reúna la suma deseada. ¡Si es un juego de niños! Bueno, entonces, ¿cuánto quieres? No tienes más que decírmelo.

—¿Y de verdad que me traería usted un millón?

—Sin ningún problema, colega.

—¿Y cuánto se tardaría?

Einstein sacudió la cabeza algo disgustado.

—Sigues sin haber entendido nada de nada. No se tardaría absolutamente nada, pues puedo regresar aquí en el momento que yo quiera.

Se quedó pensando un instante y luego dijo:

—Está bien..., digamos que dentro de media hora volveré a estar aquí. Sólo como margen de seguridad por lo que pueda pasar. ¿De acuerdo?

Hermann estaba desconcertado y terriblemente excitado. Sacó con dificultad del bolsillo su pequeño monedero y le dio los seis marcos al viejo.

—Pero seguro que va a volver, ¿verdad, señor Einstein?

—¡Qué es lo que te has pensado de mí! —dijo—. Yo nunca he dejado a un colega en la estacada. Bueno, pues hasta dentro de media hora. Y no te marches, ¿me oyes?

—Seguro que no. Y muchas gracias.

A Einstein, de repente, parecía que le había entrado prisa. Sin volverse ya a mirar, lo único que hizo fue gruñir mientras se iba:

—¡No hay de qué, colega!

Y luego desapareció.

Fuera se oía el susurro de la lluvia; Hermann se sentó encima de una de las viejas y enmohecidas maletas a esperar a que regresara el viajero del tiempo.

Intentó imaginarse cuánto era en realidad un millón de marcos, pero no pudo. Sólo sabía que era mucho, muchísimo dinero. Lo mismo ni siquiera le cabía todo en su mochila escolar. En ese caso usaría, sencillamente, una de aquellas viejas maletas. Ya se las apañaría para llevárselo a casa.

Luego se imaginó las caras que pondrían su padre y su madre cuando vieran el millón. Segurísimo que ya no se hablaría para nada de que aquel día había hecho novillos. Todo lo contrario: incluso le alabarían y le admirarían extraordinariamente. Estarían tremendamente orgullosos de él y le pondrían como ejemplo a imitar ante su hermanita..., aunque, natural-

mente, Carla todavía era demasiado tonta como para poder entenderlo del todo.

Después se puso a pensar en todo lo que podía comprar con un millón. Un coche nuevo para su padre;
vestidos y abrigos de piel para su madre, para él el
tren eléctrico monorraíl y el acuario de peces tro-
picales que llevaba tanto tiempo queriendo tener y, además, quizá, unas botas de patinaje
sobre hielo y una escopeta de aire compri-
mido, y si todavía quedaba dinero, una bicicleta de carreras de doce marchas.

De cuando en cuando tenía que estornudar. Cada vez tenía más frío y
estaba empezando a sentirse miserablemente mal.

¿Por qué no volvía Einstein?
La media hora ya hacía mucho que había pasado.

Hermann intentó ima-
ginarse cómo sería uno

de esos viajes en el tiempo y cómo se sentiría uno cuando pasaran rápidamente por él los días, las semanas y los meses.

Quizá fuera unido a dolores de cabeza o dolores de estómago, o a mareos e incluso desmayos. Al fin y al cabo, Einstein había dicho que había que entrenarse mucho tiempo antes de poderlo soportar. Quizá era por esos esfuerzos sobrehumanos por lo que parecía ya tan viejo a pesar de tener sólo dieciocho años.

¡Quién sabe qué peligros tendría que estar afrontando en ese momento! Pero él, naturalmente, ya estaba acostumbrado. Quizá estuviera todo el tiempo intentando regresar y no podía porque no se acordaba exactamente de qué día era. Y es que en este sentido no parecía tomarse las cosas con demasiada exactitud, porque ni siquiera sabía que el día anterior había sido domingo. Al final lo mismo había regresado a un día completamente equivocado; a pasado mañana, por ejemplo, o a anteayer, y allí estaba ahora asombrándose de que Hermann no estuviera allí.

Cuando llevaba ya aproximadamente dos horas esperando le pareció que era seguro que algún imprevisto había impedido el regreso de Einstein. Ayudarle no podía, pero tampoco tenía ya ningún sentido seguir esperándole. Además, ahora le había entrado tanto frío y se sentía tan miserablemente mal que decidió que, a pesar de todo, era preferible irse a la escuela, donde, por lo menos, se estaba caliente y seco.

Sacó de su mochila escolar una pintura y escribió en la pared con grandes letras:

QUIRIDO SEÑOR EINSTEIN:
LLA NO PODIA ESPERAR MAS.
POR FAVOR, EMBIEME EL MILLION
A MI CASA.
SU COLEGA, HERMANN.

Luego abandonó el desván, bajó las resquebrajadas escaleras y salió de la casa. Todavía seguía lloviendo.

Durante un buen rato Hermann deambuló por calles que le eran absolutamente desconocidas. Luego encontró una boca de metro y se metió en ella. Él sabía cuál era la línea que le dejaba cerca de la escuela; lo único que no sabía era si podía coger esa línea allí o tenía que hacer transbordo. Mientras estaba buscando algún letrero indicador o algún plano con las líneas del metro, se acordó de repente de que en el mensaje que le había dejado a Einstein se le había olvidado ponerle su dirección. Y sin ella era imposible que el viajero del tiempo le encontrara. Decidió regresar de nuevo a la casa en ruinas, pues, al fin y al cabo, lo que había en juego era nada menos que un millón. Pero entonces, de pronto, se quedó parado igual que si le hubiera alcanzado un rayo.

Einstein estaba durmiendo allí, sentado en el suelo en un sucio rincón. A su lado había una botella de vino vacía.

De repente Hermann lo vio todo claro. Aquel hombre, sencillamente, le había engañado. Le había timado y le había sacado el dinero para emborracharse. ¡En eso había consistido todo su viaje en el tiempo!

Hermann se puso a pensar qué era lo que debía hacer ahora. ¿Despertarle? Pero, ¿para qué? Su dinero seguro que no lo iba a recuperar, pues estaba claro que el viejo se lo había gastado ya. ¿Ir a la policía? Allí seguro que le preguntarían que cómo era que iba allí y que por qué no estaba en la escuela, y entonces se descubriría todo. ¿Y qué harían luego con él? ¿Le metían a uno en la cárcel por hacer novillos? Hermann no sabía muy bien qué hacer.

Mientras todavía se lo estaba pensando, vio venir a dos radio–patrullas con cazadora negra de cuero. Se escondió rápidamente detrás de una columna y observó cómo los policías se inclinaban hacia Einstein y le sacudían para que se despertara. Pero él lo único que hacía era balbucear algo y no parecía tener ninguna gana de levantarse. Le agarraron de debajo de los brazos, uno de cada lado, y se lo llevaron. Cuando pasaron por donde estaba Hermann el vagabundo le miró a la cara, pero no pareció acordarse ya del chico.

—Perdón, señores —oyó Hermann que les decía a los policías—, ¿en qué siglo nos encontramos ahora mismo?

Pero los policías no le contestaron.

Hermann les siguió con la mirada fija y con la mente en blanco incluso hasta después de perderles de vista.

¡No, él no quería acabar como aquel Einstein! Aunque –ahora lo veía claro– llevaba el mejor camino para que así fuera. Realmente la única diferencia que había entre ambos era que él solamente estaba empezando, mientras que Einstein llevaba toda su vida haciendo novillos.

Hermann decidió convertirse inmediatamente en una persona nueva. De ahora en adelante sería un buen chico, un modelo de aplicación y de buenos modales, una alegría para sus padres y sus profesores. Ahora se iría inmediatamente a la escuela y admitiría honradamente su culpa, independientemente de cuál fuera el castigo que le esperara. Al fin y al cabo, sería el último, pues jamás volvería a suceder una cosa así.

De todas maneras, en un instante quedó demostrado que aquellos buenos propósitos eran muy difíciles de cumplir, pues no le quedaba nada de dinero y sin dinero no podía sacar el billete y sin billete no podía montar en el metro, o mejor dicho, sí podía, pero entonces tenía que colarse. Eso significaba que para empezar con su vida virtuosa tenía primero que cometer una nueva fechoría. Y si le pillaban viajando sin billete, tendría que pagar cincuenta marcos de multa y no los tenía, y por eso le meterían en la cárcel, y luego informarían de ello a sus padres, y sus padres renegarían de él y no querrían volver a saber nada de él...

Hermann empezó a sollozar en voz baja y empezó a caérsele el moco.

A pesar de todo, tenía que hacerlo; no le quedaba otro remedio. Por lo menos tenía que intentarlo, aunque ya estaba casi seguro de que le iban a pillar. Sollozando, estudió el plano que había dentro de una vitrina iluminada y comprobó que primero tenía que coger la línea 8 hasta el centro de la ciudad y hacer

allí transbordo a
la línea 5, que era
la que le dejaba
cerca de la escuela.
Sollozando, atravesó el
torniquete de la máquina
donde realmente hubiera
debido picar su billete. Sollozando, bajó una planta
por las escaleras mecánicas.
Sollozando, esperó a que
llegara el tren de la línea 8
y, montado en él, llegó hasta el centro de la ciudad.
Sollozando, hizo allí transbordo a la línea 5. Y durante todo el trayecto tuvo la
sensación de que todo el mundo le miraba. Era objeto del interés
general y, sin embargo, jamás se había sentido tan solo.

Cuando finalmente se apeó en la estación que más cerca quedaba de su escuela y llegó de nuevo a la superficie, tuvo una
gran sensación de alivio. Nadie se había dirigido a él; ningún re-
visor le había pedido su billete; todo había vuelto a salir bien. El
destino se había apiadado de él. Dejó de llorar. Se sentía tan sin-
ceramente agradecido a Dios o a su ángel de la guarda que estaba deseando demostrar enseguida su buena voluntad.

Dobló la última esquina y vio ante sí el edificio de la escuela.

El gran portón de la entrada estaba abierto y justo en ese momento una vociferante y estridente tromba de niños se derramó

sobre la calle; sus compañeros de clase también estaban entre ellos. Las clases se habían terminado; definitivamente, había llegado demasiado tarde y eso, por muy buena voluntad que pusiera, ya no podía cambiarlo.

Hermann se escondió en un portal para que los otros niños o incluso alguno de los profesores no le vieran. Cuando por fin se marcharon todos, también él, sorbiendo por la nariz y estornudando, emprendió el camino hacia su casa. Estaba enfadado. En el fondo sus buenos propósitos no le interesaban a nadie; ni siquiera al buen Dios..., pues, de lo contrario, a Él le hubiera resultado facilísimo disponer las cosas de otra manera, aunque sólo fuera mínimamente. Después de todo, algún tipo de reconocimiento, aunque fuera pequeñísimo, sí que se había merecido.

Y ahora, cuando llegara a casa, todo seguiría igual que antes: "¡Hermann, haz esto!" y "¡Hermann, deja eso!" y Carla y todo lo demás. Y él volvería a no ser nadie y a no pintar nada. ¿Cómo iba a poder enmendarse uno así? Ahora ya no tenía ninguna gana de hacerlo. La única esperanza que le quedaba era que hubiera cogido una pulmonía y que se muriera pronto de ella.

Cuando cerró tras sí, sin hacer ruido, la puerta de su casa, su madre exclamó desde la cocina:

—¡Hermann! ¿Eres tú?

Como él no contestó, salió al vestíbulo y se quedó visiblemente espantada al verle.

—¡Cielo santo! Pero, ¿qué es lo que te ha pasado? ¿Te has caído al agua? ¡Pero si estás empapado! ¿Y cómo es que vienes tan sucio?

Hermann seguía sin contestar. Ahora sí que se sentía miserablemente mal de verdad. Tiritaba con todo su cuerpo y los dientes le castañeteaban un poco. En silencio y con la cabeza agachada esperó a que le echaran una buena bronca. Que se la echaran, a él ya le daba absolutamente igual.

—¡Vamos, quítate enseguida la ropa mojada! —dijo su madre ayudándole—. Me parece que estás enfermo, Manni. Te has cogido un buen resfriado.

Hacía ya mucho tiempo que no le llamaba Manni.

Le llevó al cuarto de estar y le puso la mano en la frente.

—¡Pero si tienes fiebre, hijo mío! —dijo muy preocupada.

En el dormitorio su hermanita empezó a gritar.

—Carla está llorando —dijo Hermann.

—Ya, ya —contestó su madre—, pero ahora tenemos que ocuparnos primero de ti, Manni. Ven, te voy a preparar un baño caliente y luego te meteremos en la cama y te pondré una cataplasma.

Mientras todo esto ocurría, su madre ni le preguntó que qué era lo que había hecho, ni dijo como habitualmente: "¡Espera a que vuelva tu padre a casa, que te vas a enterar!". Tampoco parecía estar enfadada con él por nada. Sólo estaba preocupada por él, muy preocupada de verdad; por lo menos tanto como lo había estado últimamente por Carla o incluso quizá un poquito más.

Cuando Hermann ya estaba en la cama, le llevó una bandeja con cacao y panecillos, que le gustaban muchísimo, y una envoltura para el cuello, que le gustaba menos.

—De ir a la escuela —dijo su madre— probablemente no hay ni que hablar en unos cuantos días.

—Hombre... —graznó Hermann y estornudó.

—No irás hasta que no te pongas bien —siguió diciendo su madre—. Mañana les llamaré por teléfono para disculparte.

Hermann titubeó un poco y luego admitió con voz ronca:

—Hoy tampoco he ido a la escuela.

Su madre asintió con la cabeza.

—Casi me lo había figurado.

Aquello fue todo. No dijo nada más. Solamente le acarició el pelo, apartándoselo de la frente y lo tapó bien.

Por la tarde, cuando su padre llegó a casa, Hermann oyó cómo sus padres hablaban primero en voz baja durante un rato en el cuarto de estar. Luego llegó su padre y se acercó a su cama, le saludó y quiso saber cómo se encontraba. Y tampoco le regañó absolutamente nada.

Todo lo contrario: después de la cena hizo algo que hacía ya mucho tiempo que no había hecho. Cogió un libro y le leyó a Hermann una emocionante historia.

Se titulaba EL LARGO CAMINO A SANTA CRUZ y trataba de un hombre extraordinariamente valiente que tenía que llevar a una ciudad llamada Santa Cruz un mensaje secreto muy importante. Cuanto más cerca se encontraba de su destino, más insuperables parecían las dificultades que se le amontonaban. Al final parecía realmente que era del todo imposible, pero aquel hombre valiente lo consiguió. Y cuando finalmente, más muerto que vivo, llegó a Santa Cruz, tuvo que comprobar que toda la ciudad estaba vacía. Aquellos a los que hubiera debido entregar el mensaje hacía ya mucho tiempo que no estaban allí. Todos sus esfuerzos habían sido en vano.

Cuando su padre terminó de leer, ambos se quedaron callados durante un rato para dominar su propia inquietud interior.

Finalmente, Hermann dijo en voz baja:

—Eso es justo lo que me ha pasado a mí hoy, papá.

Su padre asintió serio con la cabeza.

—Comprendo, hijo mío.

—¿De verdad? —preguntó sorprendido Hermann.

—Sí —dijo su padre—. Yo también he tenido que cabalgar alguna vez hasta Santa Cruz.

Hermann se incorporó y su padre, tiernamente, le hizo recostarse otra vez sobre los almohadones.

—Quédate tumbado, Manni. Todo el mundo cabalga alguna vez hasta Santa Cruz.

Y después de pensárselo un poco añadió:

—Algunos incluso más de una vez.

Hermann miró a su padre agradecido. Le pareció que tenía un papá fabuloso. Y también una mamá igual de fabulosa. Y a partir de ahora con su hermanita ya se las apañaría como pudiera.

Quizás resultaba que era incluso algo estupendo tener una hermanita..., en cuanto pudiera hablar razonablemente con él.

—Sólo hay una cosa más que me gustaría saber —dijo su padre—. ¿Tenías que entregar tú un mensaje secreto?

Hermann se lo pensó mucho tiempo antes de susurrar:

—No sé..., yo creo que sí..., pero...

—¡Chisssst...! —dijo su padre llevándose el dedo a los labios—. ¡No digas nada! Al fin y al cabo, es un secreto, ¿no?

Justo en ese momento entró su madre, que, entretanto, se había estado ocupando de Carla. Miró alternativamente a uno y a otro y dijo:

—¿Qué pasa con vosotros? Casi parece que os acabarais de apuntar a una conspiración.

Padre e hijo intercambiaron una mirada y ambos tuvieron que sonreír.

—¿Me admitís a mí también? —preguntó su madre.

Su padre le guiñó un ojo a Hermann y dijo:

—¿Qué? ¿La admitimos?

—¡Claro! —dijo Hermann.

Colección dirigida por Raquel López Varela

Título original: *Der lange Weg nach Santa Cruz*
Traducción: *José Miguel Rodríguez*

© 1992 by K. Thienemanns Verlag in Stuttgart–Wien y
EDITORIAL EVEREST, S. A.
Carretera León-La Coruña, km 5 - LEÓN
ISBN: 84-241-3348-X
Depósito legal: LE. 926-1994
Printed in Spain - Impreso en España

EDITORIAL EVERGRÁFICAS, S. L.
Carretera León-La Coruña, km 5
LEÓN (España)